Joyeux Noël, Marie Noël!

Laurie Friedman

Illustrations de
Kathryn Durst

Texte français
d'Isabelle Montagnier

SCHOLASTIC

À mon extraordinaire éditrice, Anna Cavallo.
Je n'aurais pas pu écrire ce livre sans toi.
Merci du fond du cœur. — L.B.F.

À ma famille, qui en fait toujours un peu
trop pour Noël! — K.D.

Catalogage avant publication de Bibliothèque et Archives Canada

Friedman, Laurie B., 1964-
[Merry Christmas, Mary Christmas! Français]
    Joyeux Noël, Marie Noël! / Laurie Friedman ; illustrations
de Kathryn Durst ; texte français d'Isabelle Montagnier.

Traduction de: Merry Christmas, Mary Christmas!
ISBN 978-1-4431-7330-8 (couverture souple)

    I. Durst, Kathryn, illustrateur II. Titre: Merry
Christmas, Mary Christmas! Français

PZ23.F743Jo 2018   j813'.6   C2018-903840-3

Édition publiée par les Éditions Scholastic, 604, rue King Ouest, Toronto (Ontario) M5V 1E1,
avec la permission de Carolrhoda Books.

5 4 3 2 1   Imprimé au Canada 119   18 19 20 21 22

Conception graphique : Emily Harris
Le texte a été composé avec la police de caractères Coronette 16/22.
Les illustrations ont été réalisées à l'aide de peinture, de crayons de couleur et
d'outils numériques.

POUR LE PÈRE NOËL

La période de Noël est très joyeuse
chez les Noël.

Enfin... chez la *plupart* d'entre eux.

M. et Mme Noël adorent Noël. Leur fils
Nic et Guylaine, le bébé, aussi. Même
le chien Comète est particulièrement
joyeux durant les fêtes.

Marie Noël est la seule
à ne pas se réjouir.

Chaque année, c'est la même histoire. Toutes les autres familles cherchent le sapin parfait.

M. Noël, lui, choisit toujours *le plus grand.*

Selon Marie, ça ne finit jamais bien.

Comme toutes les autres maisons de la rue,
celle de la famille Noël est illuminée.

Mais Marie préférerait que la maison de sa famille soit moins tape-à-l'œil.

Comme toutes les autres familles, la famille Noël va magasiner avant les fêtes.

Mais Marie est gênée par le nombre de cadeaux que ses parents achètent.

SOLDES DE NOËL

SOLDES DE NOËL

Et quand Comète hurle pour accompagner la chanson *Vive le vent!*, c'est insupportable.

Surtout aux oreilles de Marie.

Quand les gens s'écrient :

« Joyeux Noël, Marie Noël! »,

Marie ne se sent pas joyeuse du tout.

La veille de Noël, M. Noël annonce que la famille va rendre visite au père Noël. Marie est remplie d'espoir : si quelqu'un peut rendre le temps des fêtes plus joyeux, c'est bien le père Noël.

Elle attend patiemment avec tous les autres enfants.

Quand vient le tour de Marie,
le père Noël lui demande en souriant :

— Qu'aimerais-tu avoir cette année?

— Je voudrais aimer Noël, répond
Marie. Mais notre sapin est trop
grand, nos lumières sont trop
voyantes et ma famille en fait
trop.

Le père Noël regarde gentiment Marie et lui dit :

— Je ne suis pas sûr que ce soit possible d'en faire trop à Noël. En fait, beaucoup de gens souhaiteraient passer un Noël comme le tien. Je crois que tu peux trouver une façon d'aimer Noël, toi aussi.

Les yeux du père Noël pétillent.

— Joyeux Noël, Marie Noël!

dit-il.

En partant, Marie ne voit pas comment elle peut rendre Noël joyeux.

Ce soir-là, la famille Noël accroche ses bas sur la cheminée,
laisse des friandises pour le père Noël,

et s'apprête à aller dormir. Tout le monde est d'humeur joyeuse.

Enfin, *presque* tout le monde.

Marie n'arrête pas de se tourner et de se retourner
dans son lit. Elle repense à ce que le père Noël lui a dit.
Est-ce impossible d'en faire trop à Noël? Les autres familles
aimeraient-elles passer un Noël comme le sien?

Elle examine la question sous tous les angles.

Quand la lumière du matin de Noël s'infiltre
dans sa chambre, Marie trouve enfin la solution.

Lorsque les membres de sa famille se réveillent, prêts à célébrer leur jour favori de l'année, Marie les arrête.

— Nous n'avons pas besoin de tonnes de lumières, d'un sapin plus grand que la maison ni d'une montagne de cadeaux pour passer un joyeux Noël, dit-elle. C'est trop pour une seule famille.

— Mais j'aime toutes nos lumières, dit sa mère.

— Et j'aime notre grand sapin, dit son père.

— Est-ce que Noël ne signifie pas bien plus que tout ça? demande Marie.

JOYEUX NOËL

— *Plus?* demande Nic.

Comète n'y comprend rien et aboie.

Marie explique à sa famille ce qu'elle a en tête.

Son père sourit. Sa mère fait oui de la tête et Nic lève un pouce couvert de miettes de biscuits.

Les membres de la famille Noël passent à l'action.

Ils retirent les guirlandes lumineuses et démontent le sapin.

Puis ils entassent les biscuits et les cadeaux dans la camionnette.

Tandis qu'ils traversent la ville, Comète hurle *Vive le vent!* pour attirer l'attention de tous les habitants.

Marie crie à tue-tête :

Tout le monde suit la camionnette
des Noël jusqu'au parc.

Marie, Nic et Guylaine disposent les biscuits et les cadeaux sur des tables pour les partager. D'autres accrochent les lumières avec Mme Noël et aident M. Noël à dresser le sapin.

Tout le monde profite des festivités qui
semblent, aux yeux de Marie, de taille appropriée.
Et personne ne se plaint quand Comète entonne une
chanson avec les habitants de la ville.

Mme Noël entoure Marie de son bras et lui dit :

— Les lumières n'ont jamais
été aussi brillantes.

— Et la taille du sapin n'a jamais été aussi parfaite, ajoute M. Noël.

Pour une fois, quand les gens disent :

« Joyeux Noël, Marie Noël! »,

Marie affiche un GRAND sourire.

Tous les membres de la famille Noël s'entendent pour dire que c'était un Noël très joyeux.

Surtout Marie.